Under the Stars

星空下

臧利敏 著

山东文艺出版社
济南

图书在版编目（CIP）数据

星空下 / 臧利敏著 . -- 济南 : 山东文艺出版社，
2025. 7. -- ISBN 978-7-5329-7389-7

Ⅰ . I227

中国国家版本馆 CIP 数据核字第 2025UF0000 号

星空下

XINGKONG XIA

臧利敏　著

主管单位	山东出版传媒股份有限公司
出版发行	山东文艺出版社
社　　址	山东省济南市英雄山路 189 号
邮　　编	250002
网　　址	www.sdwypress.com

读者服务	0531-82098776（总编室）
	0531-82098775（市场营销部）
电子邮箱	sdwy@sdpress.com.cn

印　　刷	山东新华印务有限公司
开　　本	880 毫米 × 1230 毫米　1/32
印　　张	7.5
字　　数	133 千
版　　次	2025 年 7 月第 1 版
印　　次	2025 年 7 月第 1 次印刷
书　　号	ISBN 978-7-5329-7389-7
定　　价	45.00 元

版权专有，侵权必究。如有图书质量问题，请与出版社联系调换。

| 序 |

像蓝天一样纯粹

张清华

唐人司空图的《二十四诗品·清奇》中有句:"神出古异,淡不可收。如月之曙,如气之秋。"大概是形容诗之"淡雅而出离"的某种格调,难以尽述,故谓之"清奇",你自去琢磨吧。我自然不能肯定,臧利敏的诗在诗格上究竟是否可以称为"清奇之作",但这几句确乎可以勉强适用,来比附她诗的特点和神韵,即淡而朴素,雅而谦卑,大约也有一种深得人心的淡雅之风与清奇之意。

但这样说有些以偏概全了。事实是,一个当代的诗人,已很难按古人所描述和区分的那些类型来定义了。臧利敏也是这样,她在上述特点之外,当然还有更多的长处,对我而言,最深切的,便是一种简约和质朴感,简约而不简单,质朴而并不土气。这看似容易,实则很难。我们常常看到的,要么是简单或土气,要么是相反,繁复与高蹈得不知所云，故作艰深得食而不化——这是另一个极端。能够真真实实、老老实实地写作而又能够写得好的诗人，确乎没有那么多。

在这个意义上，臧利敏的诗是值得我们珍视的。

以上是《星空下》这部诗集给我的总体感受。也真的仿佛是在浩渺的"星空下"，静默或沉思、仰望与放空时的那种感受。仿佛身临其境，在静夜中去悉心感受那自然的壮阔，生命繁星般的无处不在，以及作为个体的那种真切的渺小，那瞬间性与无力感。但这无助中，又注定有一种"此在"的欣然与感念。仿佛是冯至在他的《十四行集》中所写的那番意境："我们准备着深深地领受/那些意想不到的奇迹，/在漫长的岁月里忽然有/彗星的出现，狂风乍起……"这境界如果用"存在主义"来解释，便是"此在"的感动——在无限与永恒的时间面前，人作为短暂的"在世者"的那份感念与体味，同时，也是如此渺小而又如此充满智慧与感悟的心灵，在为天地与宇宙的存在做证。

开篇的几首如《大地》《尘世》《草原》，让我想起冯至在二十世纪四十年代忽然的顿悟。他在留学德国、研读里尔克的诗、听雅斯贝斯讲哲学、仰慕荷尔德林的沉思默想中沉寂了十年后，突然爆发，写出了充满存在主义哲学意味的《十四行集》，正是显现了他对于生命和存在的深切领悟。并且以化繁为简的质朴的话语，以及在那质朴之心中获得的神妙之悟，作出了神品一般的表述。

而臧利敏的诗，也几乎可以看作是上述诗意的逐次展开了。比如《草原》中这样写道："在草原之上/人是小的/像一粒沙/随时会被大风吹走/不留一丝痕迹"——

  即使怀揣一生的爱恨情仇
  在草原之上
  也不比一粒成熟的草籽更重

是不是有异曲同工之妙？冯至接下来写道："我们赞颂那些小昆虫，/它们经过了一次交媾/或是抵御了一次危险，//便结束它们美妙的一生。/我们整个的生命在承受/狂风乍起，彗星的出现。"不啻电流击穿灵魂，贯通周身的神经，天地间最渺小的和最广远浩瀚的事物，在这一刻相遇，生出了如此让人震撼的诗意。臧利敏的《草原》，也几乎有着这样的效果，如果说有差别，那么就是她比冯至来得更朴素和更谦卑些，她的语言也来得更浅近和更直白。

其实也可以先不谈哲学，先谈一下谦卑。或许是年纪的原因，这些年读得越多，我便越来越倾向于认同谦卑。谦卑当然有真有假，有人貌似谦卑，实则高傲；有的内心谦卑，但精神坦荡坚韧。比较而言，我还是更愿认同后者。尽管诗歌的风格有无数种，实则也无关乎风格怎样，哪一种风格都可以写出好诗。而且诗也不见得就是以谦卑为最好，李白就从来不懂谦卑，不也写出了不朽之作吗；杜甫懂得谦卑，但骨子里又无比坚定和骄傲。这都没关系，但就像《二十四诗品》中有不同的类型与风格，人也可以有自己的偏爱一样，我们也可以独独喜欢谦卑。因为它真实，而且近人。

在我看来，谦卑也许并非源自人品，而是源于精神、境界，甚至是智慧和灵魂。在《一棵高粱高过了我的头顶》中，我读到了这样的句子："一棵高粱高过了我的头顶/它或许原谅了我的无知　我的惊喜/允许我久久地凝望着它/和它背后秋日的天空/一棵高粱无知无觉地生长/高过了周围的所有植物"。一棵高于我们常人的高粱会引起我们的敬意吗？也许在绝大多数人那里这只是一个不值一提的常识，而能够从中领悟自然的力量，并且对之心怀敬畏的人，并不常有。

所以谦卑不是一种态度，而是一种智慧；不是一种修养，而是一种世界观。臧利敏甚至在此支配下，也创造了属于她自己的"微观诗学"。当然，这不止独属于她，也不是由她首创，但我相信她的"微观诗学"与她的世界观是相配的。在《为一条毛毛虫让路》一首中，我们可以看到这一观念的生动体现："在秋天散步的我们/与一条棕色的毛毛虫不期而遇/我们停下脚步/静静等待/它穿过两片草坪中间的小路"——

  如果它是一个母亲
  也许是去赶着照顾年幼的孩子
  如果它正值青春
  也许是去赴另一条毛毛虫的约会
  如果它是一个少年
  或许是今天有点忧伤
  只是去另一片草地散散心

"我们停下来/静静等待它穿越小路……"这几乎是"毛毛虫的世界观"或是"毛毛虫诗学"了，但这样的诗比万千豪言或是观念的大话，都来得更真实，更贴心，也更感人。

在质朴和谦卑之上，还有一种不可或缺的深刻，这是更可贵的品质。而且某种意义上，是因为有一种内在的深刻，这谦卑和质朴才有意义。如上所述，臧利敏的诗中不乏哲学，但这哲学并非由书本而来，也不是一种习得的观念，而是因为她对于生命的深切理解和尊重，因为这种尊重而产生的深刻。在《荒园》这样的诗中，于不经意间，我们会看到类似的"生命的细节"，"去年的石榴干枯在枝头/与今年的不期而遇/荒园的梦/偶尔在日光下苏醒"，这干枯的石榴我们可能也见过，但可能完全没有留意，而这样的细节却在她的诗中生出了关键性的意义，仿佛一个旧梦，它悬挂在属于去岁的时空里，令人忽然有了恍如隔世的感叹。

这就是对细节的敏感，是在细节中发现生命处境的能力了。很显然，诗歌中的哲学并不是观念的强行植入，而是对于世界的细节与真相的再度发现。臧利敏的诗中可以说到处都有这样的发现。在另一首《感怀》中，她写到了一个精神病患者，这让我们想起波德莱尔笔下常见的衣衫褴褛的流浪者，出没于巴黎街头的不明职业者——本雅明将他们描述为现代都市中的"游手好闲者"，这些人实则是我们的镜像，在某一时刻也是时代或"文明病的隐喻"。所以对精神病患者的关注，绝对是一个至关重要的视点：

每天经过的这个精神病患者
仿佛是一个隐喻

在他身上
隐藏着我们每个人的影子

"这一生／谁没有破碎过／只有他／碎得那么彻底"。臧利敏是将他看作了所谓"正常人"的镜像，才使这首诗产生了现代和哲学性的意义,也使我们由此而对"现代"产生了质疑和反思。

臧利敏的诗中还有很多值得一说的特点。比如不曾缺席的对传统的汲取,对古意的缅怀,如《春雨赋》中所写,是对杜甫《春夜喜雨》或是韩愈的《早春呈水部张十八员外》的"互文式的重写";比如她语言的精粹,刻意的剪裁,等等。而这与前文中所说的她的质朴与简约的风格,都是匹配的。这一点,我宁愿理解为是一种成熟后的洗尽铅华,即便她是一直坚持了简单和谦卑,我也愿意理解为是一种不一样的境地。就像她在《一首简单的诗》中所写,"我决定写一首简单的诗/删除半生的爱恨情仇/只保留孩提时的第一声啼哭/像一个未曾经历过世间悲欢的人/一双无知觉的眼睛望向人间"——

像蓝天一样纯粹
像白云一样自由

这样的句子,可不可以看作是一种宣示?一种历经远方之后归途的放松和安宁?我想应该是可以的,通篇读下来,也确乎能够感到她的这种笃定的坦然与自信。

将近半年前,一位故友转来臧利敏的诗集,嘱我作序,言辞恳切,推脱不过。通常这是有悖于我的原则的。因为一则不愿为序;二则实在推脱不过,也须是"知人论世",需要我对作者有真正的了解,不然无论如何,也是说不出切中肯綮的只言片语的。此番算是逆志而强为了,虽偶曾与作者相识,也只是会议之上的见面,未曾有过深谈,只能凭着对于作品的感受,勉强说一点浅近的印象。所以,如有不周不妥之处,还要作者和读者朋友们海涵。

勉以为序。

2025年3月4日,北京清河居

(张清华,北京师范大学文学院教授、博士生导师,北京师范大学国际写作中心执行主任,中国当代文学研究会会长,中国作家协会诗歌委员会副主任)

目 录

001　　像蓝天一样纯粹（序）　　张清华

第一辑　为一条毛毛虫让路

002　　大　地
003　　尘　世
005　　草　原
006　　感　怀
007　　一个人
008　　三马车
009　　挂灯笼的人
010　　街　头
011　　他
013　　允　许
014　　磨刀匠
015　　拿着CT片子的那个人
016　　这首诗

018　戴面具的人
020　一把刀变锋利的过程
021　鹅卵石
022　病　人
026　春雨赋
028　昭觉寺的月光
029　姐　姐
031　深夜骑士
033　我看见了岁月
034　赞　美
036　幸运的人
038　为一条毛毛虫让路
039　一棵小草如此安然
040　他　们
042　木偶剧团
044　小剧社的魔术师
046　拔地而起的又一座高楼
047　怀　念
049　我的人生导师
052　他是幸福的
054　屋顶上的人
055　他
056　门　卫
057　孩　子
058　少　年

059　母　亲
060　是春天了

第二辑　一棵高粱高过了我的头顶

064　月　光
065　草原之夜
066　星　空
067　一棵高粱高过了我的头顶
068　荒　园
069　雪
070　冬天的树
071　一场雪改变了什么
073　一出戏
074　野鸭子之一
075　街角的蔷薇花
076　读懂一棵树
078　羊　群
079　白云的家乡
081　雨　声
082　衰　草
084　雨　后
085　在世间
087　与一棵树擦肩而过

003

088　春　雨
089　一棵小桃树
091　喜　悦
092　瞬　间
093　一首简单的诗
094　幸福像风一样
096　一张荷叶托着一颗颗露珠
097　秋天的一片叶子
099　小广场
104　秋　日
105　一片叶子飘落的过程
106　燕燕于飞
107　在春天

第三辑　一个人深夜去看蔷薇花

110　浪费的一生
112　古城夜市
114　烟花绽放
115　相信一株植物
116　有多少疾病不治而愈
117　一个人深夜去看蔷薇花
118　下雨天
119　正在拆迁的大楼

120　雨　中
121　生活一种
123　一首失败的诗
124　我
126　空虚的人
128　春　天
129　风
130　玉　米
131　秋　天
133　愿　望
134　中秋夜
135　在北京
136　在地铁上
137　夜　晚
138　湖　边
139　天　空
140　目睹：一场风暴
141　目睹：消逝之美
143　风暴之后
144　中秋月
145　雨　天
146　夜　晚
148　我　们
149　我宁愿这一刻
150　我原来……

005

152 这良辰美景
153 如何描绘一片叶子的美
154 我窥见了这世界的秘密
155 我　想

第四辑　万物悲欢并未相通

158 七月即景
159 阳光灿烂
161 窗　外
162 白云朵朵
163 夜　晚
164 下　午
165 野鸭子
167 风　筝
168 风筝向南
169 我看见的微风
170 夏日永昼
171 美好的事物
173 一幅画
174 抵　达
175 灵魂回响
176 牙科门诊
178 在地铁上

179　漫游者

181　每一个存在过的……

182　盛夏季节

183　相　遇

184　立　秋

185　接站口

186　比　翼

187　六月的麦田

189　鸟　鸣

190　星空下

192　美　梦

193　星　空

195　两栖生活

196　夜　晚

197　一条从异国回来的狗

198　变

199　窗　外

200　年老以后

201　一粒花生米

202　泥　塑

204　神　迹

206　在阳光下

208　小城之恋

215　后　记

第一辑

为一条毛毛虫让路

大　地

大地无言
把多少生命温暖地握在怀里

春来萌芽
万物生长
大地不去回忆
昨夜的风雨与悲伤

萌芽的萌芽
开花的开花
大地无言
把多少生命温暖地握在怀里

尘 世

多么好的一个词
我们所赖以存在的——
尘世

生是一粒微尘
死是一抔泥土
在无涯的风尘中
一张张面孔逐渐清晰
又渐渐变得模糊

小草在尘土中
萌出嫩嫩的芽
这令人不忍碰触的新鲜
宛如大地的密语
在风中悄然传播
又一场生命的轮回
以奇迹的形式到来
所有逝去的　和存在着的
在风中捕捉到彼此的信息

所有存在过的一切
在无言的尘世中
再次相逢

草　原

在草原之上
人是小的

小到成为地平线上的一个小圆点
或者忽略不计

蓝天亲吻草地
云彩驱赶牛羊
天和地
融为一体

在草原之上
人是小的
像一粒沙
随时会被大风吹走
不留一丝痕迹
即使怀揣一生的爱恨情仇
在草原之上
也不比一粒成熟的草籽更重

感 怀

每天经过的这个精神病患者
仿佛是一个隐喻

在他身上
隐藏着我们每个人的影子

这一生
谁没有破碎过
只有他
碎得那么彻底

一个人

晨光中
一个人清扫着道路
身边的楼房一座比一座高耸
一个微小的人
尽力让大地保持干净

一个空空的垃圾袋
被风吹得乱跑
他四处追赶
像追赶自己
不被驯服的命运

三马车

一辆三马车奔跑在城市的街道
它吱呀作响
它与身边的城市格格不入

它苍老　土气
叮当作响　昼出夜归
奔波于乡间小道
它忘记载过多少粮食和青菜
只记住了
乡间的泥土和晨雾
道路泥泞　薄雾寒凉
日复一日累积于胸中
它成了一匹老马
年老失修的轮轴吱呀作响
锈蚀的车轮背负着
不堪承受的命运之重

它在城市的街道喧嚣着驶过
仿佛闯入者
不见了踪迹

挂灯笼的人

他穿着园林工人的绿马甲
在冬天的行道树上
依次挂上红红的灯笼
迎接即将来临的新年

还没有抓住什么
一年就溜走了
他茫然地望着
风中光秃秃的刺槐树
显然
它对春天的信息一无所知

他仰起头
人间的幸福
像那些高高悬挂的红灯笼
在风中摇摇晃晃
那么高　那么红
那么空

街　头

那个扛着一大捆气球的人
行走在街头
仿佛扛着五颜六色的梦

气球上有小猪佩奇
有小兔子乖乖
有笨笨的大黄鸭
还有小鸡仔的大眼睛
乌黑发亮

这么多属于孩子的梦悬浮在街头
大人们看不见

那个扛着气球的人
轻飘飘的
可以肯定的是
在天黑之前
他不会被这些彩色的气球带上天空

他

此刻
他蹲在墙根下
被冬日的阳光淡淡地晒着
他安静地望着前面不知名的地方
眼神像孩子一样无辜

没有人打扰他　甚至
没有人注意他
这个每天清扫朝阳胡同的人
这个中年的精神病患者
每天穿着同样的蓝色环卫服
好像与这身衣服成为一个整体
没有人说得清他的身份　来历
他仿佛一生都在清扫这个胡同
清扫数不清的树叶　沙石
和来历不明的垃圾

没有人打扰他　甚至
没有人注意他

这个游离于尘世之外的人
世界已经放过他了
他恢复了孩子般的纯净与自由

这个世界上
有那么多无辜的人
他只是
其中的一个

允 许

那个戴着破草帽的老人
手里拿着清扫工具
走向他的工作场

这是一天的开始
也是他无数个日子的重复
他早已习惯于从早晨开始的忙碌
就像习惯于每天呼吸的
掺杂雾霾的空气

允许他有些麻木　或者是安然
允许一个人落魄
过着他辛苦的一生
允许他自言自语
走过狭窄的楼间过道
一半被阳光照耀
一半被阴影遮蔽

磨刀匠

钢与石的较量不过是一种形式
他已经不再在乎技艺

一切都已经谙熟于心
一把刀
由愚钝变得锋利
完全出自他内心的操控

最后　他暗暗用手指拭一拭刀锋
这柔软与锋利的亲密接触
是他与刀锋的暗语

拿着 CT 片子的那个人

秋天逐渐深了
刺槐的叶子开始飘落
拿着 CT 片子的那个人
逐渐衰老的那个人
正被疾病折磨
他的脸色灰暗　行动迟缓
不得不被儿女的手搀扶
拿着 CT 片子的那个人
在生命的路上遇到了拦路虎
与不知名的敌人左奔右突
他不知道胜败的结果

秋天的萧瑟加重了他的衰弱
他的身影令人同情
我们刚刚忽略
自己正在成为他的一部分

这首诗

这首诗写在一个人的生平简介的背面
刚刚　我们送走了他
六十三岁的颠沛人生

白纸黑字
五百字的生平简介
潦草地概括了他被病痛折磨的一生

他走了以后
天变得凉快了
对世间的一切
他好像再也无法参与发言
他的一生　无论悲喜
都已尘埃落定

世界就是这么简单
一个人的离去只使天空下了一阵暴雨
使他的亲人长跪不起
更多的人擦干眼泪

继续走路　咳嗽　写诗
一行行白纸黑字
不知想向人世证明着什么

戴面具的人

他是踩着云彩来的吗
带着孙悟空面具的那个人
在新年的喧嚣里
他的黄衣服闪着金光
他卖的棉花糖像云彩一样洁白

白白的棉花糖
在烟火味的人间飘摇
会七十二变的孙大圣
此刻只想把眼前的棉花糖卖出去
所有的心愿寄托在
眼前的这一份甜

初春天气
他的一身黄衣裳有些单薄
他守着白白的棉花糖
守着空气一样稀薄的棉花糖
没有七十二变　也没有飞到云彩上

在四周喧嚣的时刻
我只想知道
这个戴着面具　没有归家的人
究竟是谁

一把刀变锋利的过程

与敌为友
一把刀与坚硬的石头碰撞出灿烂的火花

去除身体里多余的部分
哪怕是骨肉相连的疼痛
直到石头变得消瘦

钢与石的较量有了结果
一把刀　它的锋芒不可阻挡
它在疼痛的磨砺中
脱胎换骨

鹅卵石

被嵌于花园一角
大海的涛声
成为遥远的回忆

再也没有浪花的冲刷与亲吻
再也没有鱼儿的问候
和相依为命的沙粒
被命运选中的它
被一只无名的手一块水泥凝住一生

黑夜中的绝望
像潮汐一样升起又降落
一颗无法逃跑的石子
在黑暗中
硌痛了一个陌生人的双脚

病　人

一

踏进医院
人就成了孱弱的病人
你成了几床　几几床
摘下了职务　称谓　荣誉
成为一个单纯的病人

在疾病面前
你像羊羔一样无助又无知
你开始相信面前穿白大褂的人
相信他们的判断和裁决
相信医嘱
相信化验　数据　指标
相信 B 超　CT　核磁共振
相信输液瓶里的每一滴液体
都是一个勇猛的战士

被疾病绑架

仿佛瞬间失去了对世界发言的权利
高贵的　卑微的
在疾病面前　暂时平等
除了像一个病人一样躺在床上
盯着白色的墙壁发呆
你无权申辩
又无处逃避

二

因为疾病
我们在这里相遇
因为疾病
我们瞬间成为亲人
坐在轮椅上的人
等在手术室外面的人
提着饭盒的人
在病床上发呆的人
我们没有说话
只一个忧戚的神情
只一次默默的凝视
我们就成了陌生的亲人

疾病让我们成为同盟
我们在彼此身上

读到相似的疼痛

三

疾病是什么
生是什么
死又是什么

茫茫人世之上
救命的
为什么往往只是一根稻草

那些还在人生中奔跑的人
那些等待命运裁决的人

四

透过病房的玻璃窗向外观望
你用目光丈量出与世界的距离

太阳明晃晃地照着
树是绿的　花开着
人群在忙碌地走动
没有谁会注意
那个站在高楼的玻璃窗后面的人

仿佛只一个上午　一场病
你就失去了在世界的位置

太阳明晃晃地照着
这活生生的　忙碌的世界
好像谁也没有权利
握在手中

春雨赋

一千多年前的那位诗人
在一个春雨绵绵的夜晚
一定是无眠的

他听着雨落在木质窗棂上
落在窗下的芭蕉叶上
落在房前的农具上

他披衣走出房门
通向田野的小径漆黑一片
远远望去
只有远处江边的渔船上
灯火在雨中闪闪烁烁

他静静站在春雨里
看雨滴在黑暗里滴落
无声地润泽着天地万物
风吹在脸上
又清爽又温暖

他像一棵庄稼
在雨里安静地站着

一首春天雨夜的诗
像庄稼一样
在他心里生长出来
飘飘洒洒　宛如一场春雨
从唐朝
一直下到今天
无人能够超越

昭觉寺的月光

月光是轻的
一路跟随而来
从山东到成华
仿佛只为照亮不惑的我
洗尽满面尘灰
仍然无法像月光一样澄澈
昭觉寺静默无声
宽厚的温暖让人想哭
缥缈不绝的香火
让来路变得愈加模糊
何处归去
昭觉寺不语
任月光泛滥
让一个远道而来的人
怀抱月光
坐在石阶上
听　穿堂而过的风

姐 姐

姐姐
还给你青草
你会拿起镰刀
把箩筐装满
还给你玉米地
你会把最饱满的那穗玉米
掰下来给我
还给你扁担
你会把清澈的井水挑回家
还给你课本
你会重新回到幽暗的小学教室
读出琅琅的书声

姐姐
还给你黑夜的小路
你会领我走回土坡后面的家
还给你油灯
你会忘却今日的病痛
在我们贫寒的家里

快乐地忙碌
还给你花棉袄
你会成为那个黝黑而羞涩的少女
站在破旧的木窗前
牵着我的小手
等待爹娘回家
对汹涌而来的命运
一无所知

深夜骑士

黄色的头盔　黄色的工作服
载着黄色的食品箱
在空旷的城市街头呼啸而过
为生计奔波的深夜骑士
像一阵风

为别人的口粮而深夜奔波的人
为在到达之前保留住食物最后的温暖
他与看不见的对手赛跑
在空旷的街道上长驱直入
不为任何风吹草动所动
这一刻
所有的路灯都为他照亮
他仿佛是这个城市真正的主人

夜更深了
孤独的骑手奔驰在寂静的大街上
与我擦肩而过
我甚至没来得及看清他的面容

可我宁愿相信
这是一个真正的骑士
怀揣一世豪情
打马向前
尘世的寒冷
通通被他甩在身后

我看见了岁月

窗外的葡萄藤叶子在风中摇曳
它承载了阳光
和看不见的岁月
蝉声响亮　从远处穿透而来
一点也没有掺杂悲伤
这古老时光的调子
仿佛绵延不绝

昨夜风雨之后
多少悲欢了无痕迹
阳光像往常照着大地
叶子依然在风中摇曳
蝉声明亮
岁月仿佛只是一小束阳光
被一个人无意在一片叶子上看到
无声无息

赞　美

那么多的事物值得赞美
一束阳光照在办公室的书橱上
一本书的名字有了光彩
——《我来到这世界》
——白银时代的诗人无意中说出了大多数人的心声
来到这世界　值得赞美
一片湖水在远处闪耀
让人有理由相信
是远古时代埋藏的金子在闪闪发光
更远处　一片高楼海市蜃楼般隐在雾霭里
它们书写着这片土地隐秘的历史
近处的楼房一律在阳光下静默
雾气中升腾着无数人的悲欢
新年刚过的上午时分　世界显得格外寂静
也没有鸽子在屋顶上起落
这难得的静寂和空白
多么值得赞美
我走出办公室
一个刚刚参加工作的女孩　我年轻的同事

抱着一摞文件在走廊里等待领导批示
这个等待的瞬间　连同她的年轻与认真
多么值得赞美

幸运的人

我是一个幸运的人
每天早晨上班
迎接我的首先是在微风中摇摆的爬山虎
每一片叶子都在点头微笑
然后是刚刚孕育了孩子的丝瓜秧
它怀有一个母亲的羞涩与幸福
那棵曾被我写进过诗里的小椿树
经过了一个夜晚　好像长高了一点点
一片狗尾巴草　相互拥挤着
被阳光照射出平凡的光芒
这些毫无心机的植物
被清晨的微风一一吹拂
把我的生命瞬间染绿

当我感觉疲惫时
走到窗边
一朵朵白云在天空游走
每一朵都似曾相识
它们的纯洁常常令我自惭形秽

暗暗发誓要做一个无私的好人
近处的楼房顶上
鸽子三五成群　起起落落
它们在空中飞翔的身影
一次次刷新了我对自由的理解

夜晚在空荡荡的小广场上散步
满天的星光洒在我身上
我感觉自己是一个如此幸运的人
两手空空
却又如此富有

为一条毛毛虫让路

在秋天散步的我们
与一条棕色的毛毛虫不期而遇
我们停下脚步
静静等待
它穿过两片草坪中间的小路

如果它是一个母亲
也许是去赶着照顾年幼的孩子
如果它正值青春
也许是去赴另一条毛毛虫的约会
如果它是一个少年
或许是今天有点忧伤
只是去另一片草地散散心

我们停下来
静静等待它穿越小路
三分钟不算漫长
这样的时刻
我们的生命
不比一条毛毛虫更有意义

一棵小草如此安然

在春天
一棵小草如此安然
一棵叫不上名字的小草
单纯到只有六个叶片
它沉醉于这一小片泥土
仅仅容下它扎下根须
与枯叶　青苔互相依偎
任一只痴情的小蚂蚁来来回回
询问它的心绪

微风吹来
它轻微摇摆
这瞬间的心动　几乎无人觉察
阳光洒在它身上
这来自上天的温暖
使它站直了身体
一棵卑微的小草
在春天
在许多草和野菜中间
成为它自己

他 们

在喧嚷的市中心
他们刚刚挖了几个树坑
在隔离墩上坐下来

他们的旧棉帽
染满了风尘
仿佛写着他们的来历和出处

手里握着的铁锹上
沾着新鲜的泥土
他们的布鞋上也是

有一个人
刚刚点燃了一支烟
一缕青烟被不熟识的风四处吹散

冬天阳光稀疏
春天似乎还很遥远
这些准备种树的人

和春天一样遥远而陌生

我在他们面前走过
对他们的一切
也一无所知

木偶剧团

他们好像还活着
脸上的油彩浓重　鲜亮
中间的青衣一身玄色戏服
额上系着青色头巾
一脸哀怨
右侧穿着官服的官爷好像很正经
脸色却有些无可奈何
最左侧有一个勇猛的武将
面膛棕红　胡子凌乱
似有满腔的悲愤之情要爆发出来
他们的表情十分投入
仿佛下一刻
就会回到灯光明亮的舞台上
将那一出悲欢离合的戏
演完

被遗忘在西安非遗中心角落里的木偶
还是三十年前的表情
他们也许不知道

戏已散场
木偶剧团也早已不知西东
只有装道具的木偶剧团戏箱上
落了一层薄薄的灰尘
一颗颗铆钉都锈蚀了
箱体上黄色的美术字还清晰可见——
礼泉城关木偶剧团
地址：桃园路6号
团长：张明义
年代不详

小剧社的魔术师

即使是在居民小区里表演
小剧社的魔术师也不曾马虎
天气炎热
他依然穿上正式的燕尾服
以及白衬衣黑领结
高高的礼帽戴在头上
显得有些虚张声势

天太热了　灯光又烤着
衣服并不平整
魔术师好像并不在意
他夸张地表演着
一番声东击西之后
他在一个大手帕后面
变出了两个鸡蛋
一束塑料鲜花
最后是一只活的鸽子

他的助手　一个微微发胖的女士

并不年轻了
日复一日的表演
显然使她对这样的重复感到了厌倦
她面无表情地接过他变出的鸡蛋　鲜花
和活的鸽子
她浓重夸张的妆容
仿佛在说
早知道一定会变出来这些东西

小剧社的魔术师在夜晚
极力地表演着
灯光照在他流出了汗水的脸上
连每一条皱纹都是努力的

拔地而起的又一座高楼

天天走过的路口
拔地而起了又一座高楼
我仰起头
想要看清它耸向天空的高度
我有了片刻的眩晕
数不清的窗口
在夜里只有给人压迫的黑
高楼耸入天空
只有一颗星星孤绝地伴在它的身后
拔地而起的一座高楼
承载着多少家庭
真实或虚幻的幸福
在寒夜里高耸入云的高楼
无限地接近了天空
却像幸福一样
仿佛触手可及
却又虚幻　又遥远

怀　念

爸爸
我知道
这么多年
你一定没有走远
就在旁边看着我们
看着我们上班　下班
散步　聚餐
看着孩子们一点点长大
看着我们一点点老去
你的目光还是那么沉静　清澈
与世无争
一身深灰色的中山装
还是八十年代的样式

爸爸
我越来越像你了
不喜欢外在的浮华
只愿意在人群之外安静地待着
像一个只会做梦的无用的人

爸爸　你留下的书

只有我在看
上面都是你的气息
你画过的红线
写的眉批
我在上面寻找到精神上的父亲
我忘不了　十一年前
你骤然离去的那天
桌上那本打开的《中华诗词》
上面用红笔标注的平平仄仄
你自己的诗稿
还处于未完成的状态

妈妈总在说你的荣耀
而我更想念
那个沉静的　孤独的
一生本本分分的父亲

爸爸　我那么怀念
小时候
被你牵着小手
在黄昏散步
从家里到大院门口
你给我讲着故事
一直走到　昏黄的路灯
一盏盏亮起来

我的人生导师

我的人生导师
不是别人
是我妈
她把教导我当成一生的功课
孜孜不倦

小时候
她说　要听话
我就奔着一个乖孩子的目标努力

长大后
她说　要找个老实可靠的人
我就向着贤妻良母的方向使劲儿

中年以后
时光如白驹过隙
功名利禄如浮云掠过
对照老妈的教导
我试图整理自己的人生

却发现来路去途皆迷茫如雾
我不知何时
已远远偏离了我妈规划的轨道

我对自己充满了怀疑
但我妈却从未失去信心
她老人家在耄耋之年
依然耳聪目明　头脑清晰
依然对教导我的事业乐此不疲

她喜欢拉着我的手
慈祥地看着我
把从老祖宗开始的祖训教条
——娓娓道来
无非是孝亲爱幼　相夫教子

说实话　之前
我是一边听一边忘
总感觉老妈也太老生常谈了
同样的话
说了五十多年还不嫌烦
并且里面封建的成分还不少
都什么年代了这社会
但那天

老眼已昏花的我静静听着
忽然感觉老妈的话原来很有道理
那个一直有叛逆之心的小孩
忽然之间长大成人

他是幸福的

每天经过的这个人
清扫这个胡同超过了十年
他有些老了　可从来不认识我
我从旁边走过　他从来不会看见我
他看不见任何人
他一刻不停地喃喃自语
每天认真地清扫地上的
每一片树叶
每一根草屑

阳光灿烂
蓝天上白云朵朵
他被阳光包围
我相信他是幸福的
这个一刻不停自言自语的人
这个被异样的目光打量的中年男子
他认真地清扫着这个世界
不再对任何事产生怀疑
我试图捕捉他的话语

最后总是一无所获
这个活在自己世界里的人
我相信他是幸福的
他成功地把自己
与这个世界隔离

屋顶上的人

雨季之前
窗外的屋顶上总会有人在修补房屋
远远的　看不清他们的面目
总之是在上上下下地忙碌
山脊形的房屋
瓦片嶙峋
干活有着未知的危险
但总有人在做这些事情
赶在雨季之前
把所有可能的漏洞弥补上

一个小时以后
当我再次来到窗前
屋顶上的人已不见了
一片瓦片斑驳的屋顶展现在眼前
我分不清哪片屋顶是刚刚修过的
刚才那两个劳作的人
像神话里的人物
消失得无影无踪

他

这次他坐下来　自言自语
声音很高
旁若无人
像在与人激烈争论

他实际上只是一个人坐在那里
垃圾车在旁边停着
扫把和簸箕在墙边立着
他肯定是有点累了
坐在台阶上歇一歇
忽然就沉浸在自己的世界里

走过的人都熟视无睹
他们早已习惯了
这个穿蓝色环卫服的精神病患者
每天清扫胡同　自言自语
衣着还算干净
并不伤害他人

门　卫

他可能是太累了
把头伏在报纸上面
假装在看报纸
实际上是睡着了

监控无处不在
他肯定知道
在这个地方
没有什么能逃离人的眼睛

但他肯定是太累了
顾不了许多了
一只苍蝇围着他飞
后来又落在他的杯子上
他也顾不上了

孩　子

孩子
镜头无法呈现你的纯净　你的天真
我偶然走进你的童年
心灵瞬间变得澄澈
斑驳的朱红大门
仿佛藏着你的欢乐和忧伤
红色的福字　是去年贴的
枣树结满了果子
丝瓜秧爬上了门楣
孩子　你有一丝羞怯的纯净
多像我回不去的童年
孩子　灿烂的阳光下
你从大门里走出来
美好得像一个梦境

少　年

少年就是
灿烂的阳光下
装满空气的彩色气球
在风中飘荡
那么轻　那么薄
像一个透明的梦
只上升
不降落

母　亲

对母亲来说
这不算奇迹
五十余年来
不停歇地爱着这一个
在初夏降临的孩子
即使她先天不足
常常在内心里无事生非
自己跟自己纠缠
过得潦草　崩溃
从来不曾完美过
母亲也没有厌倦
只愿她万般皆好
好好地活着
更好地活着
一生一世

把她微渺的生命
珍宝一样捧在手心里的
是母亲

是春天了

一

春天来了
我需要重新熟悉你们的名字
海棠　石楠　紫薇　白玉兰
红枫　丁香　夹竹桃　紫叶李
我把你们的名字
一一念给母亲听

有一棵简单的花
我不知道叫什么
用手机一查
叫三叶草
一看
真的是三个叶片
三个碧绿的叶片
拿在母亲手里
仿佛整个春天
都来到母亲面前

二

是春天了
我和母亲坐在阳光下
绿树和盛开的花朵围在我们身边
我们谈论的陈年旧事
被它们悄悄听在心里

花朵不发一言
就像沉在岁月深处的梦里
只有越来越浓郁的花香
把我们渐渐包围

三

以前是母亲牵着我的小手
现在是我领着母亲的手

以前是母亲陪我度过黑夜
现在是我为母亲驱赶黑暗

母亲给了我一片大海
我穷尽一生
无力回报其中的一滴

第二辑

一棵高粱高过了我的头顶

月　光

夜深人静
在广场上漫步
一抬头
月光惊到了我
这么大的天空
这么亮的月光
全照在我一个人身上

黄了叶子的梧桐树也是白的
绿着叶子的槐树也是白的
我的影子映在地上
整个人比白天更真实

天穹之下
被照彻的身体薄如蝉翼
洁白的月光让我感到羞愧
到哪里去寻找
这么干净的内心

草原之夜

把夜还给夜吧
把黑暗还给黑暗

让不知名的一切
各自陷在孤独的黑里

把寂静还给寂静
把思想还给心灵

把星光还给夜空
把孤寂还给
仰望星空的那个人

星　空

再也不会有这样的星空了
大地之上
我找到自己
黑暗拥抱我
我宛如婴孩　目光纯洁
还来不及降临世间

再也不会有这样的星空了
借助于四周的黑暗
我看清了自己的内心
无所不在的神祇
选择一个草原之夜
来牵引我

星星在高空指引
我在一瞬间
获得新生

一棵高粱高过了我的头顶

一棵高粱高过了我的头顶
它或许原谅了我的无知　我的惊喜
允许我久久地凝望着它
和它背后秋日的天空
一棵高粱无知无觉地生长
高过了周围的所有植物
有着孩子般的任性和骄傲
在秋天
有这么多大地上的事物让我惊喜
一棵高粱高高地生长
一棵豆荚悄悄地怀孕
他们都原谅了我的无知
和孩子般的惊喜
任由我　把大地上的事物
——怀想

荒 园

很久了
它隐在古城的角落里
没有人走进

草木疯长
一湾池水
漂着柳树的叶子
细小的流水滴答作响
荒园
在闹市里做着隐士的梦

去年的石榴干枯在枝头
与今年的不期而遇
荒园的梦
偶尔在日光下苏醒

水滴的声音穿空而来
它有足够的耐心
迎接更加静寂的夜晚

雪

正月初三
新下的雪
使年变得更白　更凉　更新鲜
吸进肺腑的空气
仿佛把人从内到外
都濯洗了一遍
走在雪地上
脚下发出咯吱咯吱的声响
像一个人与大地的对话
终于有了回响

冬天的树

春天还没有到来
一棵法国梧桐树
在黑夜里站着
没有叶子遮盖
它的全部都暴露在夜色里
一段残枝　是幼年时遭受的暴力
一个伤疤　是刀削斧劈的记忆
这些　都没有随着时间消失

冬天的风刀子一样在身上刮过
站在黑暗中的一棵树
对这个世界手无寸铁

春天还没有讯息
梧桐树选择的是深深的沉默
它无声地站着
把所有的枝条都坚定地伸向夜空
仿佛在向遥远的星光
汲取着什么

一场雪改变了什么

一场小雪下在夜晚
静悄悄地
刺槐树披上了雪白的外衣
梧桐树披上了洁白的婚纱
楼后的冬青盛开了一朵朵白花
旁边幼儿园的滑梯比平时胖了一圈
连一根支撑在墙边的木棍也变俊了

在街上走一走
天更冷了
一场雪
仿佛带走了大地的温度

雪像变了个魔术
世界不再是平常的样子
一场雪到底改变了什么
谁也说不清

北风继续吹着

天气寒冷
我在这个崭新的世界里慢慢走着
地上的雪还没有开始融化
就像我
还没有看清自己

一出戏

小剧社的日常演出
为了节省开支
刚才那个穿燕尾服的魔术师
摇身一变成了《苏三起解》里的解差
天气炎热
戏曲的程序容不得敷衍
他手拿解棍
虚张声势地吆喝
随哀怨的女主在舞台上兜兜转转
有时发出同情的叹息
有时设身处地地劝慰一番
有时把心里话对着观众兀自诉说
人生如戏啊 这位小剧社的魔术师
虽然诸多无奈
却也一腔衷肠
在酷热难耐的夜晚
勉为其难地
完成了一次曲折坎坷的押解

野鸭子之一

野鸭子在水里嬉戏
旁若无人
它划动着双脚
在水面划开一道道优美的波纹

一只野鸭子潜入水中的时刻
它应该不会知道
一片叶子　从高处
缓缓飘落在水面上
轻柔的南风
吹动了水边白了头的芦苇
一个陌生的人
望着这一切
沉思着
久久没有离去

街角的蔷薇花

蔷薇花盛开的日子
一个人会变得柔软

眼神变得多情
忘记了头上的白发
魂魄仿佛被花香吸走
忍不住对着花朵
看了一眼　又一眼

最后终于相信
其中有一朵
一定是去年开过了
今年又来寻找
确认过眼神的那个人

读懂一棵树

你是否能够读懂一棵树
它怎样经受了一场大风
一场突如其来的暴雨
它怎样在被刀斧劈砍时
不呐喊不流泪
它熬过了多少个漫漫长夜
又怎样在大雪中守身如玉
一棵树
只想想它从小到大的一生
你就想流泪
河流遇到阻碍会发出咆哮
鸟儿受到伤害会大声鸣叫
一棵树
它任凭风雨撼动
只坚持着不发一言
不躲避　也不倒下

你是否能够读懂一棵树
它在冬天一身萧瑟

但春天一来
它所有的梦想都重新发芽
它疯狂地恣肆地生长
把自己长成一束光
长成你永远都无法读懂的一棵树

羊　群

这个夏天
白云像片片羊群
在家乡的天空流浪

我成了一个放牧的人
拿着一根无形的牧鞭
驱赶羊群
这个牧人
没有草料
也没有骑射的本领
唯一想问的问题是
羊群为什么那么白

这个问题
天空一直没有回答

我一生的理想就是
做一个牧人
起早贪黑
用目光来放牧羊群

白云的家乡

我坚信
我们这里就是白云的故乡
每天　它们在天上游走
从来没有离开过我的目光
从东到西　又从南到北
这一朵与那一朵
我都能分得清

我相信
这里一定是白云的家乡
它们从没有离开过这里的天空
一阵风吹过
它们从东边到西边散了个步
风向一转
又从容地从西边回到了我的窗口
每一朵都如此相似
我爱了这一朵　又爱了那一朵
整整一个下午
被轻飘飘的白云弄得辛苦异常

我感到幸运的是
我的一生如此简单
好像只是用来等待白云

雨 声

黄昏的雨
落在二楼的窗棂上
落在幼儿园的旗杆上
落在小广场的红砖地面上
落在梧桐树宽大的叶子上
声音各各不同
滴滴答答　高低错落
一曲天籁之音
从黄昏
一直响到深夜
无人能够模仿

衰 草

衰草枯黄

踩在脚下

软绵绵的

像一个看透了世事的老人

衰草柔软

收敛了所有的光芒

它终于理解了世间万物

该刮风刮风　该下雨下雨

激情是瞬间的闪电

将心肺洞穿

而后陷入更深的黑暗

在冬天到来之后

曾经的葱茏

变成大地上一抹杂乱的枯黄

被尖利的北风

反复吹拂

只有未了的心事
像看不见的草根
在地下延伸
衰草不动声色
它无法预料
明年的一场春风
是否会使内心
掀起另一场风暴
再也无法阻止

雨　后

知了的叫声重新嘹亮起来
天空是小时候的蔚蓝
一片白云飘进窗口
它的模样似曾相识

洗后的衣服在阳台上飘荡
洁净的气息令人心安
窗外的草木绿意逼人
阳光明晃晃地闪耀
一个火热明亮的世界
完全忘却了刚刚过去的阴雨
此刻
草木的葱茏和阳光的灿烂
仿佛为我一人所有
一个庸常的夏日雨后
忽然让人感觉如此奢侈

在世间

我相信　在世间
草木枯荣　四季轮回
那些逝去的人
并没有走远
他们只是从地上
走到了地下
麦地里隆起的新土
成了他们的家
一层薄薄的黄土
像棉被一样盖住他们
我们在世上的奔忙　哭泣
他们都能够听到
我们忽略的春风　星辰
也被他们一一记取

在世间
他们始终与我们同在
麦苗一年一年又绿
是他们在向我们诉说

未结局的往事
清明时节
我们在坟前烧的纸钱
化成缕缕青烟
把人间的消息　传递给他们
大风在吹
大风把纸烟吹得到处乱跑
把我们没有了结的悲欢
再次吹乱

与一棵树擦肩而过

一棵树举着衰黄的叶子
立在冬天
它是法国梧桐
在风里
举着满树的黄叶子
沉静地站着

春天还那么遥远
昏暗的天空没有一丝光亮的气息
可它那么沉静地站着
像一个人
久经沧桑却依然拥有力量

与一棵法国梧桐擦肩而过
只有它知道
一个人的内心
多么像它

春　雨

一场春雨
让你忽然爱上了全世界

爱花草　爱树木
爱被冲洗干净的人行道
爱水洼里映出的路灯光
爱在小雨里漫步的陌生人

被淅淅沥沥的小雨淋着
是多么幸福的事
就像一个一无所有的人
忽然得到从天而降的
没来由的爱怜

一棵小桃树

一棵小桃树在发芽
你要相信
它会越来越茂盛
它会开出一朵朵花
和去年的一样鲜艳
它会迎来穿黄衣服的蜜蜂
穿花衣服的蝴蝶
它会迎来自己的爱情
以及爱情的结晶
一颗颗最初酸涩
随着时光越来越甜蜜的果实

一棵小桃树在发芽
虽然它还那么弱小
站在一所小学的大门旁边
没有谁注意到它
但请你祝福它吧
天气越来越暖
整个春天都在拥抱它

它的幸福的到来
无人能够阻挡

喜 悦

坐在紫藤架下
不出半天
一只蚂蚁认同了我
它在我脖颈上攀爬
以为是一棵有温度的植物
带着喜悦的痒
我成为自然界的一员

我悄悄为自己
取了一个小草一样的名字
沾着露珠一样的名字
又朴素　又新鲜

瞬　间

清晨上班
单位篱笆墙外面的小区院内
一大片植物被金色的阳光照耀
平凡世间瞬间有了天堂的模样

我故意在篱笆墙这儿耽误一会儿
看几棵野菜被阳光照耀
散发出不可思议的光芒
看一棵小椿树在风中摇摆
在地上映出水墨画一样的树影
看一只鸽子在草丛边
旁若无人地闲庭信步
我故意耽误一会儿
被初生的阳光包围
让自己
成为被温暖的一部分

一首简单的诗

我打算写一首简单的诗
把柴米油盐搁置在外
把黑夜与眼泪搁置在外
甚至是雨声　风声
甚至是天籁般的音乐之声
只保留
松树枝条上的雨滴
未被风吹落时的一瞬

我决定写一首简单的诗
删除半生的爱恨情仇
只保留孩提时的第一声啼哭
像一个未曾经历过世间悲欢的人
一双无知觉的眼睛望向人间
像蓝天一样纯粹
像白云一样自由

幸福像风一样

坐在儿子的自行车后座
穿行在熟悉的小城街道
一路被温暖的阳光照耀

一束光
在我们身后紧紧跟随
照亮路旁的槐树　冬青　盛开的紫薇
照亮古老的中学　速8酒店　建设银行
万物葱茏　这世界
如此安稳　饱满
像一个人久违的梦境

轻轻抓住他的衣衫
仿佛整个世界都抓在手中
一个人的幸福完全依赖于另一个人
这危险重重险象环生的梦境
竟如此真实
幸福像风一样
在胸中盘旋　鼓荡

把衣裙吹得飘飞起来
一个沧桑遍布的人
忽然苍绿起来
轻得如一片风中的树叶

一张荷叶托着一颗颗露珠

一张荷叶托着一颗颗露珠
在风中摇摇晃晃
它们的透明映衬着它的干净
它们的柔弱映衬着它的坚韧

这随时都会破碎的梦幻
这瞬间就会消失的美
每一刻
它都幸福得提心吊胆

秋天的一片叶子

凋零是最终的结局
秋风一阵阵紧吹
它知道
这是命运无情的催促

已盛享了一个春天　又一个夏天
所有的心事都在季节里安放
叶片中间清晰的脉络
如记忆的痕迹
记下了所有的萌动与成长
内心每一次的妄想与泛滥

对这个世界
谁不是倾尽所有来爱
爱清晨的阳光
傍晚的微风
爱春天的细雨
短暂停留的一只蝴蝶
甚至是过路人无意中注视的目光

但没有谁会躲过
最终凋落的结局
只有那个偶然经过的陌生人
在它飘落的瞬间
读懂了一片叶子的一生

小广场

一

它是我的
显然这是不真实的
不过是
它是我的梦境　不可或缺的背景
白天与黑夜
我与它如影随行

它承载了
我许多个夜晚无目的的漫游
自言自语　空虚与茫然
北风一阵紧似一阵
我手无寸铁　只有握紧衣襟
抵御季节的阵阵寒凉

二

寂静的夜晚
它拥有最澄澈的月光

水银一样在地上流淌
苍穹之上　星星满天
最遥远的光芒也把它照耀
它从来不曾寂寞过

三

它见证了
人世的沧桑　四季的更迭
梧桐树春天萌芽
夏天繁茂
秋风一吹　满身的金黄
冬日寒风凛冽
梧桐树叶子衰败
在沉默中坚持
一个个棕色的小茸球
像一个个小灯笼挂在高处
在风中摇

四

它见过最洁白的大雪
一夜之间覆盖了大地　树木　楼房
那些日夜站立的梧桐树
银装素裹

默默守护着一片洁白
两个少年　缓缓走上雪地
留下了串串清晰的脚印
许久没有消失

五

它见过呼啸的大风
吹过梧桐树梢
发出尖利的呼喊
它见过一个中年男人
坐在旁边的椅子上
一言不发
手中的烟火光在黑暗中明灭
它见过一个面带沧桑的妇女
握着手机与不知名的人通话
时而悲诉　时而激昂
时而痛不欲生
这些无名者
最后都消失在沉重的夜色里
无数人的悲欢
在这里悄悄上演

六

它见过一个老人

脖子上挂着老年手机
听着旧时代的流行歌曲
围着广场转了一圈又一圈
对过去的好时光
好像也并没有多少怀念
它见过三个老友
坐在一起回忆往事
所有的过往在记忆里复活
他们时而朗声大笑　时而追忆叹息
这些月光般的美好
被小广场一一记取

七

它见过无数的孩子
在这里学步　奔跑　游戏
欢笑声与阳光融为一体
有个帅气的男孩
精准地将足球
踢进了两个单杠之间的空球门
还有一个男孩
像一个勇士
快速骑着儿童车转圈
同时爆发出一阵阵欢呼
有个蹒跚学步的孩子

喊着"妈妈——" 扑向母亲的怀抱
清脆的童音
在小广场上空久久回荡

八

它见过过年时
孩子们在这里燃放的烟花
绚丽的烟花将夜空照亮
世界梦一般美好和不真实
孩子们稚嫩的脸庞
与中年人沉郁的脸
同时被火光照亮
所有能记住的一切
曾经的欢笑 与没有流尽的泪水
——呈现
又烟花般
永远流逝

秋　日

秋天来临
我和母亲坐在秋光笼罩的客厅里闲聊
时光那么宁静
我们的回忆那么多

沿着母亲的回忆
我又回到了小时候
还是那个咿呀学语的孩童
还是那个为课业烦恼的中学生
还是那个初恋的少女

一生那么长
在母亲眼里
那个穿着花棉袄的女孩
走在冬天的风里
脸蛋冻得通红
从来都没有长大过

一片叶子飘落的过程

一片叶子在初冬飘落的过程
被一池清水铭记
它经过了金色的阳光
清新的空气
一个陌生人的注视
以及岸边一块沉默的岩石
最后轻轻落在平静的水面上
这短暂的过程
不超过五秒钟
它飘落得优雅而缓慢
像对世上的一切恋恋不舍
一片枯黄的叶子
失去了曾经的绿意　水分
和整整一生的梦想
在最终消失之前
它悲欣交集的眼神
被那个初次相遇的人珍藏

燕燕于飞

一只小燕子在空中飞过
天空那么大
它那么小

看不到它的眼睛
只看到　它努力地扇动着翅膀
在空中飞过一道黑色的弧线
阳光照在它的肚皮上
像一道白色的光在空中闪过

一只小燕子在空中飞过
它是不是去寻找它的亲人
天空没有回答
一片云彩飘过来
燕子飞翔的踪迹
不见了

在春天

在春天
青草铺天盖地
遍布田野　山坡　沟渠

花儿开得漫山遍野
开在高处的花
和开在低处的花
一样美丽

在春天
忍不住赞美青草　花朵
和一切萌发的事物
赞美已经到来
和尚未到来的
美好

第三辑

一个人深夜去看蔷薇花

浪费的一生

大年初一
烟花在小区夜空升起
瞬间的光华
照亮了一个人空洞的脸庞

还没有抓住白天
夜晚就降临了
第一天就这样溜走
残喘的一口气
伴随沮丧到来
这虚无而浪费的一天

珍宝如时光
一一丢失
生命路上
一个人越走越空
那些熟悉的名字
也开始变得陌生
一个人不得不相信

一切终将如烟花消散
只留下
这虚无而浪费的一生

古城夜市

年年如期而至
卖风车的　捏面人的　卖糖葫芦的
藏在角落里的宝物
被时光遗忘的人
此时——来到
仿佛只为还原过去时的梦境

街市热闹依旧
新年的气氛里
大家一个也不能少
在穿梭的人群中
我固执地寻找
小时候的那一声
绵长的吆喝声

繁华还没有落尽
一个人陡然变得感伤
新年一过
眼前的这些都会消失

恍若黄粱一梦
我只是不知道
卖糖葫芦的那个人
是否还是旧人

烟花绽放

月朗星稀
空旷的小广场
暂时被孩子们的喜悦充满

烟花绽放
绚烂的一瞬
总是如此短暂

天空静下来的瞬间
一张中年的脸
陷入新年的黑暗里

时光暗淡
他在来临的又一个春天里
努力辨认自己

相信一株植物

相信在一株植物里
能寻找到自己
茯苓　黄芪　甘草
从一粒小小的种子
到令人着迷的草药
一定有些什么
是我所不知道的
在黑暗的夜里挣扎
与风霜和无名的虫子对抗
一株无言的植物
独自迎来一个个落日与黄昏
所有的雨水　所有的黑夜
都化成根脉
藏在它的根　茎　枝　叶里
它成为一株中药铺里的植物
补脾　祛湿　安神
期待与一个同病相怜的人
瞬间相遇

有多少疾病不治而愈

这场戏还没有落幕
你作为演员　还在演出
往事语焉不详
前方灯火昏暗
你对戏剧的结尾
深表怀疑

一场小雨就让你陷入疾病
更多的时候
你演的并不是你
如果梦幻是一种疾病
沉入剧情的你
竟然一病半生

来来往往的世间
多少人对命运一无所知
无意中迎来了又一个秋天
多少人沉在梦乡没有回还
有多少疾病却在暗中
不治而愈

一个人深夜去看蔷薇花

一个人深夜去看蔷薇花
他在暗香浮动的花墙边
久久站立

这个年龄
已不能够大声说出热爱

最深的爱
也不过是在痴爱的花朵面前
久久站立
任由软弱的疼痛
一阵阵袭来

在花朵面前
他终于得以确认
一颗落满灰尘的心
并未衰老
即使夜色　终将会将花朵覆盖
即使岁月
终将如流水逝去

下雨天

下雨天适合读诗
读远方未曾谋面的某一个人的诗
暗灰的调子
好像只有雨天与之相称

下雨天适合发呆
望着灰蒙蒙的天空
所有的从前纷至沓来
未曾结局的故事
一下子有了无数的可能

一场酝酿已久的暴雨
积蓄了多少闪电　沙石和眼泪
是不是应该像一场雨
敞开自己
痛哭一样

一场雨倾盆而下
一个人
从此放过了自己

正在拆迁的大楼

下班回家
经过正在拆迁的大楼
千疮百孔的玻璃
像一个个无底的黑洞
望着茫茫尘世

谁说过
这世上
没有一样感情
不是千疮百孔的

走过正在拆迁的这座大楼
我小心翼翼
旁边喧嚣的人流
被夜色逐渐淹没的我
都没有这座楼
破碎得彻底

雨 中

一个春日的午后
小雨缓缓下着
我站在一棵大松树前面
凝视
无数颗雨滴悬挂在树枝的松针上
晶莹　透明
闪着星星般的光

我和树都在细雨里站着
仿佛忘记了世间的一切
雨落在松树上　落在树下的草叶上
落在我的头发上
我们在雨中
完全敞开了自己

一颗颗雨滴在松树枝条上闪着光
像爱　又像一个人的一生
如此丰茂
又悬而未决

生活一种

一日三餐
买菜　做饭
从九楼的办公室
坐电梯下到地面之上
不过二十秒
生活在瞬间完成切换
盘算着什么能够填饱饥饿的肚子
大街上形形色色
匆匆行走的都是饮食男女

早已习惯了这样的结局
空想的气球还没升起
就被现实击得粉碎
挣扎半生的天地也不过是
小小的一窗湖景
鸽子在屋顶上起落
风筝在天上飞

在暮色里回家

手里的青菜带着泥土
沉甸甸的
我欣喜于自己
对这样的日子终于习以为常
就像每一棵青菜
每一片叶子
都会成为身体的一部分
就像一个人
最终会消失在沉重的暮色里

一首失败的诗

你知道
我经常为一首失败的诗苦恼
它在笔记本上
身躯残缺
我像一个蹩脚的工匠
在词与词之间游走
妄图把它雕琢成心目中的模样
反反复复
仍然无法寻找到
那曾闪电般飞逝的灵光

一个以梦为马的人
对一首诗束手无策
听凭它以未完成的姿势
在词语里挣扎
深陷在自己制造的旋涡里
多少个夜晚
以一首失败的诗告终
就像这个无能为力的人
无法挽救逐渐溃败的一生

我

我一厢情愿地相信
穿长衫的古人
都是不可救药的风雅之人
沉浸在自己制造的梦境里
不肯醒来
晨起吟诗　傍晚填词
中午小睡片刻
起来更衣饮茶之后
便焚香研墨
在宣纸与狼毫的柔软里纵横义气
时常对着梧桐悲秋
对着高处的明月长叹
适当时
用熏香的手帕拭去
不经意溢出眼角的泪滴

我一厢情愿地相信
古人都是有小资情调的浪漫之人
天天在诗情画意里不能自拔

就连作诗填词的题目
都美得无以复加
你看
雨霖铃　蝶恋花
定风波
水调歌头
每个词牌里都仿佛隐藏着
一段剪不断理还乱的往事
或一份欲说还休的心绪
让后来的人们
在一首首诗词里
辗转反侧
低回不已

空虚的人

一个下午　我努力写作
一首诗在笔下反复挣扎
最终也没有成为一首完整的作品
一个空虚的人盲目地走出办公大楼
门口的保安大叔依然笑容可掬
他的恬淡自足让人羡慕
一轮绛红的夕阳正在隐藏到对面的高楼后面去
让我意识到这一天已经溜走
谁也抓不住
春风料峭　街道熙熙攘攘
新年过后还挂着红灯笼的树木
不相识的行人
没有一样是属于我的
我像一个局外人
生活在这世间
万家灯火与我何干
我不过是一个空虚的人
抓不住一首虚空中呈现的诗
一个现实世界的失败者

空有一腔不合时宜的诗情
无处宣泄

春 天

小草尖尖的芽
钻出土来
多么小多么小的草尖
像一个个无辜的孩子
睁着望向天空的眼睛

是哪一颗未泯的心灵
来人间探访
让这丰厚的大地之上
多了这些让人心痛的草尖

风

草原只是想让我认识
风

从哪里来
又到哪里去
亿万次吹过的地方
它是否还记得
马头琴不绝的曲调
随风倒伏的每一株野草

在草原
要成为一株草
必须经得住狂沙
经得住风

玉 米

在秋天
生长的玉米是盛大的
宛如列队的士兵
荷枪实弹　整装待发
一棵挨着一棵
气势无人能敌
在秋天
玉米把全身的力气都用在玉米穗上
无知无觉地生长
不顾一切地生长
就像投入一场
百年不遇的爱情
在秋天
一棵玉米是渺小的
一片玉米是盛大的
它们不顾一切近于疯狂的成长
演绎成秋天的一部神话
在大地上悄悄流传

秋　天

秋天是沉甸甸的
阳光炽烈
与大地上的植物热烈相恋
枣子红了
苹果红了
向日葵把头深深低下
大地是一位丰腴的母亲
怀抱万物
静待一切慢慢成熟

秋天
大地葱葱郁郁
一切耕耘和汗水有了结果
一切不容再怀疑
一场雨水
使玉米籽粒饱满
使一棵高粱高过了人的头顶
我不知道大地还有多少秘密在展露
在隐藏

庄稼后面的村庄
雾气在阳光下升腾
孩子在晨光里长大
胡同口乘凉的老人们
白发在风中飘动
我在他们雕塑般的脸庞上
读出了一个村庄的历史

愿　望

在乡村
我的愿望变得渺小
长成一棵无名的小花
长在胡同的路旁
三三两两的蝴蝶
为我传递秋天的信息
长成一棵弯脖的枣树
在安静的农家小院里　春华秋实
陪伴一代人的小悲欢
长成一棵核桃树
枝叶伸向蓝天
青涩的果子隐藏在枝叶间
或者是一棵丝瓜
在矮墙头上恣意地蔓爬
或者一根豆角
把梦想长成长长的绿意垂下
在乡村
我的愿望变得渺小
随便一棵花草
都是我梦想的样子

中秋夜

一切都恰到好处
月亮在天上
宛如明亮的梦境
湖边的树木静默
宛如幽暗的梦境
天气没有热一点
也没有冷一点
一切都完美得近乎奢侈

我走过湖边小径时
石楠的叶子上
下午落的雨滴
正在被月光照亮

在北京

北京　上午九点
许多人步履匆匆
像鸟儿一样
飞进笼子里
那些有着蓝玻璃绿玻璃的高楼
是他们赖以生存的巢

两座高楼之间形成峡谷
只有风在自由地穿行
上午九点　风很大
我努力站住
努力迎着这个城市的风

在地铁上

摇晃的地铁上
人潮汹涌
陌生人的脸孔让目光无处躲避
冷风从背后袭来
车辆飞驰着奔向
深渊一样无法预知的未来

在摇晃的地铁上
我记住了一些无关的细枝末节
一个矮个子的乘务管理员
面色苍老
站在我旁边一动不动
他的红臂章戴在左臂上
显然他对每天汹涌的人群
已见怪不惊
他的编号是106033
这是无意义的过程中
唯一真实的存在

夜　晚

法国梧桐的叶子变黄了
又一个秋天来临
夜晚的天空格外清澈

一轮明月
同时照亮身体和心灵
在这一刻
我对尘世的爱
又多了一点点

被夜色隐藏
大地空旷而安宁
我仰头
看到满天的星光

湖　边

牛舌兰学会了与三叶草　曲曲芽和平共处
小金菊学会了与月季花　野蔷薇杂乱而有秩序地共处
它们学会了你中有我　我中有你

在湖水里独自游弋的人
学会了与动荡叵测的湖水友好共处
湖边停滞的水车
学会了与太阳　雨水和锈蚀的铆钉共处

我们学会了与眼泪　灰尘及黑暗共处
沿着湖边行走
学会在黑暗中
寻找回家的路

天　空

我到西安来
仿佛只是为了寻找一片天空

古城的天空没有边际
云彩又轻又白
让人没有了私心杂念
抬头仰望天空
纯净的蓝和阔大的空让我眩晕
世上的一切都瞬间消失了
包括地上的树和路上的人

我好像也不存在了
成了一个空心的人
我来到西安
难道只是为了与一片天空相遇
每一片云彩都在天空流浪
我不知道
是哪一片带走了我的心

目睹：一场风暴

立冬　异常宁静
无人察觉
一场风暴正悄悄来临

风与雪呼啸而至
猛烈地摧残着世间的一切
既有的一切瞬间被推翻
仿佛有一双无形的手
左右着这个世界
雪啊　风啊
全被不可理喻的力量所驱使
一片片房屋被大雪覆盖
大地除了苍茫　还是苍茫

一片雪接着一片雪
降落　旋转
瞬间又被大风刮起
谁也无法预料
下一片雪花的命运

目睹：消逝之美

一场风暴终于远走
世界恢复了平静
雪融化成水
车辆来来往往
不同颜色的灯光闪烁
一切重新开始

世界忽然变得如此平静
被吹落的法国梧桐的叶子
红的黄的
一片片　躺在泥水里
被无数人踩踏而过

如此安静
被践踏在泥水中的叶子
像婴儿一样安静
昨天的风暴已经远去
大地获得了新生
没有谁记得

法国梧桐的叶子
被风雪摧残的疼痛

曾经像蝴蝶一样在树上翻飞的叶子
在一场突如其来的风暴中死去
没有人会记得
它们曾经灿烂地活过

风暴之后

风暴之后
一棵树不再完整
它的枝干
从中间撕裂　白色的肌理
在路灯下发着惨烈的光

风暴过后
一切都恢复了平静
车辆驶过　车灯明灭
红的黄的灯光闪烁
照着树枝上的残雪
照着花上的残雪

世界看似如此平静
只有未来得及清理的
树木惨白的伤口
向人们提示着
世界曾经经历过什么

中秋月

想着这一轮明月
照着自己　也会照到你思念的人
想着他的头发
在月光下会变成银色
你就觉得　有了些安慰
想着人们在月光下
回想往事
眼里慢慢蕴满泪光
你的心就像月光下的湖水
无声地荡漾
想着一样的月光
照着平原　山岗　树木
把所有起伏的地方
都用光亮铺满
你仿佛随着月光
飞到了天上

雨　天

在一个下雨天　我忽然安静下来
什么也不做
只静静地看天
偶尔想起读过的一首诗
几个句子在心中萦绕

雨声安稳
淅淅沥沥下得很有耐心
第一次发现
原来岁月可以这样宁静

天色向晚
雨还没有停歇的意思
外面的天空愈加朦胧
忽然想起某年某月的某一个人
还没来得及想清楚
雨已经下大了
一个人的一生
就这样过去了

夜　晚

每个夜晚　她所做的不过是
在词语中寻找
又在词语中隐藏

这文字的游戏　如此迷人
轻轻一下　就捕捉住了另一个自己
那个在烟火人间隐秘飞翔的自己
那个有着不被人发现的翅膀的自己
这文字的迷宫
如此有诱惑力
她始终在寻找
那最准确的一个词
一剑封喉　将看不见的对手击中
又在众人惊愕的目光里
迅速掩藏自己

这游戏的秘密只有她一个人知道
层层设置机关的是她
在暗中观察的是她

秘而不宣的是她
最后　无力沦陷的
还是她

我 们

没有山盟海誓
只有三餐四季将我们相连

我们携手走过了
缓缓的山坡
春日的阳光
秋日的衰草
两只似曾相识的蝴蝶
被我们一一铭记

一片湖水在眼前铺开
它的碧蓝
映下的是天空的影子
一阵风
吹过我们素朴的衣衫
带走的
是一生不曾说出的诺言

我宁愿这一刻

我宁愿这一刻
都是我的
这一小片　秋风走过的　干净的广场
这一棵叶子衰黄了的法国梧桐
夜幕下它所有的美丽枝丫
我都能数得清
还有树枝上面　深邃的星空
无尽的黑暗与宁静
我宁愿这一刻　都是我的
许多窗口灯光都暗了
这一刻无人观看
也无人分享
我宁愿这一切都是我的
一个安静而简单的夜晚
使我变得如此富有

我原来……

我原来还是柔软的
一棵蔷薇
粉红的 雪白的花瓣
带着淡淡的清香
就把我整个俘获
满腔的话语无处倾泻
我站在它身边
一天一夜
眼睛不眨地凝望
可还是不够

我原来如此无力
对热爱的事物
既不能拥有 又不能遗忘
天天挣扎在绝望的边缘
只怕一转身
这花瓣就会无声凋落
这花香 此生再也不遇

原来世界小到
只有一朵花

这良辰美景

这良辰美景
这阳光　盛开的蔷薇　微风中的藤蔓和叶子
这鸟鸣　无人能懂的语言
这安然的岁月
让我无法放手

一颗心盛不了太多
一片阳光　一缕花香和一声鸟鸣
都无法带走
这转瞬即逝的良辰美景
让我手足无措
一个尘土一样卑微的人
如何承载
这上天赋予的美好

如何描绘一片叶子的美

一片叶子有它自己的形状
一片叶子　成为它自己
被阳光照耀得透明

一片叶子
它比走过的人幸运
在春天
它顺着内心成长
不顾及风　雨　或者其他的声音
完全地成为它自己

我窥见了这世界的秘密

紫藤爬上去又垂下来
阳光被叶子挡住就会有阴影
小草在夜里也不会停止生长

一棵树的弯曲有它自己的理由
一个蚂蚁寻求着最合理的路
一只爬虫也是
它们的忙碌都理所当然
缓慢或是静止
它们不用向世界解释

我无意中窥见了世界的秘密
我想象自己成为一片叶子　一棵野草
或是一只缓慢行走的小蚂蚁
被阳光照耀
或是隐在光影里
没有人注意
独自生长

我　想

我想让这一刻永久
这是我的痛苦

我要求的好像并不多
一束阳光　一片蓝天
一片摇曳的树影而已

我要的好像又太过奢侈
我想看到摇曳的竹影
画出的抽象图画
我想要的是一棵小草
每天长高一寸
我想要的是鸟鸣
今天说着与明天相似的语言

可造物的一切
没有一样我能左右
我的痴心妄想
只能是想了一遍又一遍
无端地痛苦

第四辑

万物悲欢并未相通

七月即景

石榴的花朵早已凋谢
夜来香进入盛开的梦境
枝叶间的枣子还泛着青涩的光晕
攀爬在篱笆墙上的葡萄
籽粒已透亮泛紫

世间万物各自葱茏生长
悲欢却并未相通
宛如微尘般的人们
在茫茫世间奔忙
掩住了各自内心的悲喜

阳光灿烂

阳光灿烂
天空没有云彩
树在阳光下生长
这是七月的一天
正午
像许多年前的一天
那时　个子在长高
树木郁郁葱葱
一切都是未知
那个少年　目光纯净
内心一片蔚蓝

时光无声息溜走
载着忧伤　衰草和回忆
又是阳光灿烂
树木郁郁葱葱
天空没有云彩
我看见那个少年
站在七月的阳光里

目光纯净
一生都没有走远

窗 外

窗外的玉兰树
叶子上洒满阳光
被阳光照到的地方　叶子油亮
照不到的地方　颜色深绿
在课桌之间保持静默
我像个听话的小学生
在课本里回到童年

阳光真好
透过窗棂照到课桌上
在斑驳的影子里
我看到了
玉兰树的成长

白云朵朵

白云朵朵
一整个下午
云彩在空中飘动
它们聚了散了
与自己捉迷藏　玩游戏

我向往云彩的白
云彩的自由
整整一下午
我内心涌动
想要克服与天空的距离

它们远在天上
却仿佛伸手可触
整整一个下午
我渴望着云彩的白
云彩聚了散了
有一片云彩
始终没有走远

夜　晚

夜深了
我还在小广场上散步
大树是黑色的
我无端地信任它
就像信任不认识的陌生人

夜色浓重
这孤独我不愿舍弃
我愿意和树站在一起
一起面对
生命里所有的黑

下　午

下午　医院走廊
阳光一会儿明亮　一会儿暗淡
像我们每个人
阴晴不定的命运

陌不相识的人们
在关闭的手术室外徘徊
一分一秒
等待命运无声的裁决

野鸭子

一群黑色的野鸭子
旁若无人
在水中嬉戏
有的在悠闲地划水
有的在互相打闹
有的一个猛子扎进水里
在数米外忽然出现
这群黑色的野鸭子
沉迷在自己快乐的时光里

湖水是清的
阳光是金色的
湖边的芦苇白了头
在风中摇摆
我数了一下　一只　两只
包括刚刚游进芦苇丛中的
一共是九只

我远远望着这群野鸭子

原谅了它们对我的忽视
原谅了它们比我更自由
它们不时发出属于自己的叫声
让我忍不住又数了一遍
这次还是九只
有一只在芦苇丛里
还没有出来

风　筝

昨天北风
所有的风筝向南飞
今日南风吹
所有的风筝向北飞

风筝在空中
飘飘荡荡
它的方向完全由风决定

它不像窗外的这群鸽子
三三两两
一会儿飞高　一会儿飞得很低
一会儿落在楼房的屋顶上

有的结伴而行　变换姿势上下翻飞
有的聚在一起仿佛议论事情
还有一只　独自呆立片刻
忽然飞向更远处的天空

风筝向南

一整个下午
风筝都在天上
向南飞

天空开阔　北风浩荡
风筝使天空显得更高远

天空使我明白
活着
不是为了越来越深刻
而是像天空一样
像天上的云一样
越来越轻
越来越简单

我看见的微风

我看见微风
吹拂着清晨的万物
攀爬的藤萝　茂盛的黑桑
拥挤的酢浆草
它们一起度过了黑夜
苍翠着迎来清晨的第一阵微风

它们的绿各有不同
可这又有什么关系
它们一律伸展着身躯
在晨光中舞蹈
有的被风吹得伸到了栅栏外面
在向所有经过的人
——问好

夏日永昼

夏日永昼
时光有些漫长
蝉鸣悠长
回忆纷至沓来
一首古老年代的歌
在心头反复播放

谁曾经为此痴迷　沉沦
灯影摇摆
映出几张故人的脸
面容已经模糊
曾经要命的心痛
像一个似是而非的梦境
无处追寻　尚待确认

蝉声高亢
对命运的追问无法回答
只有那首遗失了地址的老歌
在一个人的心头
反复播放

美好的事物

这些美好的事物
你肯定经历过
清晨的阳光里
幼儿园的孩子们
在院子里拍球
小小的身影在日光里移动
篮球在阳光里跳动
每个孩子
都有一双天使的翅膀
在春光里飞翔

一群燕子划着优美的弧线
在天空翩翩飞过
自由的天空
自由的飞翔
没有比这一刻的飞翔
更接近于神的境界
在那一刻
你看到神的眼睛

俯瞰着世间万物
这样美好的事物
你一定经历过

一幅画

是什么样的力量创造了它
一幅画
让我看见了另一个世界

那朦胧的　模糊的
看不透的绿
向远处延伸
谁也不知道
更远的远方到底有什么

无边的苍茫之中
不可抵达的虚无
无法描述的悲伤
让我与另一个我
瞬间相遇

抵 达

我一直在寻找
最恰当的句子
一个词语　一个带着语调的词语
最恰当地表达它自己

我一直在试图
用它　这个词
让所有的人忽视
词语背后的真相
掩藏住
那最初的和最后的心动

我一生都在学习
如何在云淡风轻的表达里
抵达命运深处的自己

灵魂回响

许多夜晚
我都与这些树站在一起
没有风　也没有其他的声响
这些静默的灵魂
与夜色交融在一起

夜色遮住了它们的样子
甚至听不到它们的呼吸
夜色只勾勒出它们的美
伸展的枝干　婆娑的叶片
伟岸的与细致的美
每一份美
都是阳光与风雨雕刻的痕迹

风吹过
枝叶在黑暗中摇摆
在仰望天空的时刻
我听到这些树木
灵魂深处的回响

牙科门诊

在牙科门诊
疼痛让你体会到生命的不易
一颗牙齿
像一段无法跨越的记忆
梗在口腔里
梗在人生路上
一个人多么容易变得脆弱
一颗牙的疼痛瞬间变成人生的疼痛
你像个无人关照的婴儿一样无依无靠
散发着来苏水味道的走廊
走来走去的人们
表情凝重
步履蹒跚
被或大或小的痛苦充满
日光一点点暗下去
从逐渐衰老的每个人身上
你看到生命最后的真相
诊室外墙上的彩色口腔挂图
满嘴的牙齿被无限放大

这被放大的真实
像人生的底色一样
真实得令人恐怖

在地铁上

挥别宝贝之后
在这座巨大的城市里
再也没有一个亲人
人群汹涌
波浪一般　涌上来
又退下去
置身于无处可躲的陌生之中
我的孤独那样巨大
像一个人走向群山一般孤勇

车辆向不可知的黑暗飞驰
车厢之间的连接处
吱嘎作响
像一个人在飞逝中
忍不住喊痛

漫游者

深夜漫游的人

他借着夜色掩藏自己

夜色黏稠

周围的一切暧昧起来

白日的喧嚣和虚空

也被一一隐藏

刚刚萌芽的刺槐树

叶子被微风吹动

在地上投下不被注意的影子

他在路灯的阴影里徘徊

抬头凝视深邃的天空

有时暮霭沉沉

有时星光满天

每一颗星星

都有着闪烁不定的光芒

需要被长久地凝视

深夜漫游的人

他借着夜色寻找自己

他忽然理解了

路边一辆公共自行车的落寞
一辆不被使用的公共自行车
将独自度过怎样孤寂而漫长的夜晚

每一个存在过的……

风　由麦苗的起伏呈现
时光　由仆仆的风尘呈现
风有它的样子
时光有它的样子
时光一直在继续
又一直在回望

逝者长存
每一个存在过的
都以风尘的样子再现
在一片青青的麦苗上
麦苗低伏
风已经来过
我们长眠于地下的亲人
在麦苗倾伏的瞬间
也已经来过

盛夏季节

台风预警不断
外面的天空阴晴不定
像一个熟悉的人
忽然变得令人难以捉摸
小雨一会儿下一阵
外面树木青翠
空气里都是湿漉漉的气息

在暑热中蛰伏
只能读诗　写诗
与未曾谋面的诗人隔空对话
一会儿自信　一会儿犹疑
心在看不见的波谷浪峰起伏
无力挣脱内心的博弈
宛如一个人在黑暗的海上游弋
苦苦寻找
能够抵达彼岸的那一个词语

相 遇

与一阵风 一阵尘土的相遇
都不是偶然的
时光中湮灭的一切
在一阵飞扬的尘土中
再次呈现

天地之间
有些事物是永恒的
像大地的黄 与天空的蓝
像浩荡的长风
吹过亿万年前的江河
又吹拂着我们滚烫的脸庞

我们在尘世间
只不过是短暂地路过

立　秋

立秋之后
世界一下子从一个毛糙的小伙
变成了娴静的淑女
不可思议的暑热消退
温柔的气息丝丝缕缕把人包围
幸福的来临有点突然
夜晚到来
星星在深蓝的夜空一一就位
我在小广场上漫步
梧桐树枝叶在微风里沙沙作响
世界安详得宛如无人之境
我尽情呼吸着秋天的空气
一首难忘的旋律刚刚在心中萦绕
东边的天空
半个橘黄的月亮
慢慢爬上了杨树的树梢

接站口

每一次到来
都是离别的开始

那么多疲惫的面孔
从何而来
又要到哪里去

多少人与我们擦肩而过
从此茫茫人海再也不会相遇

只要相信
望眼欲穿之后
那个最亲爱的面孔
终会出现
你就对接站口
有了无限的热爱

比 翼

一双鸟儿　在空中
互相追逐　比翼双飞
它们不知道
一个人在九楼的玻璃窗后面
看湿了眼角

天空那么高　那么蓝
为它们的爱情提供了生动的背景
天高地阔
生与死　好像都不再重要
两只鸟儿比翼双飞的时刻
世界轻得如一片
漫无目的的羽毛

六月的麦田

这是梵高的麦田
"无法形容的太阳"
"无法用语言描述的光……"

无风的大热天
太阳倾尽了它所有的热情
一场浩大的恋爱
在大地上展开

没有风
也没有鸟儿飞过
麦田浩荡
盛大又静谧的情愫
与画家的内心彼此相通
"尽管我又病又疯
但仍不失去对人类的爱……"

麦子被爱情燃烧
麦子变成金色

颗粒饱满

在画家的笔下得到永生

鸟　鸣

黄昏时刻
一声温柔的鸟鸣
在我耳边响起

我环顾左右
没看到鸟儿的身影
也没有找到熟识的人

我想　这一定是鸟儿的密语
在茫茫人海之中
呼唤另一只亲爱的它
一起回家

星空下

这些年来
最让我着迷的
是深蓝色的星空

我每天要做的事
是在夜深人静的时刻
去星空下走一走

在我看来
星星离我并不遥远
不过三四里地的样子
像小时候去姥娘家走亲戚
大半晌就到了

在我看来
星光并不神秘
它们有的从梧桐树杈里漏下来
有的从楼房拐角上泻下来
洁净　晶莹　微暖

像亲人的爱
恒久不息

我一次次仰起头
被无边的星光恩泽
一定有些什么
改变了
我短暂而虚无的一生

美 梦

晚饭后
我十分无聊
因为白天用力写诗
却颗粒无收
我重新陷入对自己的怀疑里
我微闭着眼　在沙发上歪着
似睡非睡　似醒非醒
忽然想起自己做过的美梦
很多　真的很美好
比想象中的美
比现实中的好
当然大部分都忘了
只记得梦醒之后的感觉
当然大部分连感觉也忘了
只记得　自己也是做过美梦的人
这样想想　似乎又有信心了
这个年龄　还能做美梦
不比写诗更有意义吗

星　空

我每晚散步时

除了看几棵梧桐树

就是仰头看星空

因为身边没有什么可看

梧桐树几乎不变

只不过冬天是枯枝枯叶

春天是繁茂的绿叶子

星空就比较神秘

那么高　那么远

永远让人无法琢磨透

我有时伤心

就觉着星空会给我安慰

有时心情愉悦

就觉着快乐的气息向上飞升

与深邃无边的星空融为了一体

星空到底有多深邃多伟大

我一直说不清

好在自己安慰自己

无论日子有多么不堪

每晚散步时
我还能看看星空
它那么高　那么神秘
一直在那里
永远不会走失
而我寻找到它
只需轻轻仰起头

两栖生活

我经常处于两难之中
有一个小时的时间
我是去把脏衣服洗完
还是去继续那首未完成的诗
是读这本摆在案头许久的小说
还是去完成一篇枯燥乏味的公文
是一个人站在窗边欣赏湖景
还是拿起电话联络久未见面的朋友
是走到大街扑向热闹的人群
还是关上门窗回到狭小的内心

我在许多瞬间
眼神和脚步如此犹疑
我与向往的我
被生活的大手
用力撕扯

夜　晚

有时候睡觉
我蜷缩起来
抱着自己的肩膀
像一只猫咪

这样好像就舒服一点
好像就温暖一点

一个人太孤单的时候
不能大叫
不能喝酒
不能吵架
只能自己拥抱自己

一条从异国回来的狗

它雪白
扑向我
完全没有准备

它从异国回来
完全没见过我
为何如此亲热

我一边躲闪
一边叫着小狗小狗
我说的是中文
它能明白吗

从异国回来的狗
难道它也是如此孤单
见了每个人
都宛如亲人

变

看了几首口语诗
我写的诗马上就变了
一下子感觉挣脱了某些东西
到底是什么
我也说不清

我只是说
这是在一个早晨发生的

你看
一个人的变化
有多么快

从此
我再也不敢相信
世上的爱情

窗 外

我在屋里写诗
窗外是热腾腾的阳光
有一部分照进屋里来
落在叶片宽大的青苹果竹芋上

平凡的青苹果竹芋
叶片迸发出光芒
窗外的楼房里
每个人有不为外人所知的生活
一些说不清的声音从空中传过来
混合成热气腾腾的
我们被挟裹其中无法挣脱的生活

年老以后

年老以后
是不是沿着铁轨
就可以走回家
回到童年
小时候的院落
干净的院子
有树　有花
有咯咯叫的母鸡
妈妈在晾晒被褥
爸爸在整理葡萄架
他们都还是年轻时的模样
我们还是小孩子
疯跑着　不知忧愁
正等待长大

一粒花生米

一粒花生米掉落到地上
我捡起来　吃了
最近这些年
我变了
掉在泥土上的东西
我都弹掉灰尘　吃下

以前我不是这样的
掉落到地上的东西
我认为脏了
不能进入我的身体
如今　我越来越感觉
自己就是一粒微尘
也许不知何时就回归尘土
将埋在地下
与大地融为一体

泥　塑

在民间
花想开多艳就开多艳
草想长多高就长多高
最原始的具有最浑朴的力量
你看那从泥土里诞生的
塑像　陶罐　花花草草

最简单的泥土
被一颗执着的心握在手里
揉捏　旋转　被烈焰烧烤
在最痛苦的煎熬里守住自己
直至成为理想中的模样

每一堆泥土里面
都住着一颗真纯之心
一堆泥土
成为孩子　小鸟　还是神像
完全出于大师的随心所欲

与沉默的泥土生死相依　直到
你中有我　我中有你
走过一尊沉默的泥塑
你不会忽略
每一尊泥塑里
都住着大师自己

神　迹

在民间
一截枯木瞬间获得了新的生命
龙腾虎跃
鹰击长空
无言的木头
述说着化腐朽为神奇的神谕

一个葫芦容纳了万千气象
人生喜乐的百态
海市蜃楼的仙境
在小小的葫芦上
风起云涌

最朴拙的荷
最朦胧的雾
最古老的茅草屋
最天真的鸡鸭
被一把细致的烙铁
刻画得宛如天成

可遇不可求的神迹
惊鸿一现
如果不是被有缘的心灵撞见
谁会知道有多少上天赋予的艺术之花
开在民间

在阳光下

在阳光下
我无法不热爱这个城市的清晨
早起的行人　清扫干净的街道
晨露中的花朵和青草
阳光照在脸上
我仿佛也是新鲜的

在阳光下
我无法不热爱我日渐衰老的亲人
岁月给予他们苦痛
最后返还一颗孩童的心灵
善良与温情的火焰
缓慢而持久地燃烧

在阳光下
陈旧的事物泛出无声的味道
一首过时的歌曲
一封尘封的书信
废弃的水井　被遗忘的沙粒

都在时光里活着

在阳光下
四十年仿佛一瞬
我只记得
一个八岁的女孩
还在庭院里跳橡皮筋
转眼之间
步入了中年

小城之恋

小城的春天往往从一场风开始
南风一吹
柳树就萌动了心思
每一个芽苞
都在酝酿一场春的风暴

节气随星宿更迭
立春　雨水　芒种　大雪
寒暑易节　四季轮回
从牙牙学语到两鬓染霜
我不知道　我的小城
收藏了我多少童年的天真
青春的眼泪
和中年的呓语

我习惯于在它的小巷中游走
与每一条街道　每一棵树
相互辨认
直到确信彼此之间相互拥有的印记

我爱它的夏天　也爱它的冬天
甚至爱它的忽冷忽热
四季分明却又令人捉摸不透
想刮风就刮风　想下雨就下雨
除了自己的小城
还有谁像它一样
如此真实　又如此任性

我爱它的晴天　也爱它的阴天
它的晴空是无法形容的碧蓝
白云像羊群自由地奔跑
我像一个牧人
整天整天在无用地追赶
它阴天的时候我就写下沉郁的诗句
偶尔的狂风暴雨
像积蓄多年的激情终于在瞬间释放
之后会像所有的树木和花草
安静地生长和开放
像什么都没有发生过

我爱它的春天　也爱它的冬天
它的春天是花的海洋
房前屋后　河边湖岸

以及你没注意到的小巷深处

迎春海棠月季牡丹紫薇

所有的花都开出了一生中最美好的样子

没有一朵会迟疑

每一个春天小城都像重新活了一遍

每一个春天都让我想重新恋爱一次

它的夏天万物葱茏

蝉在树上高歌　庄稼在阳光下拔节

田野千里平畴　像一张张阔大的绿地毯

这里生长小麦玉米高粱大豆

也生长稗子和野草

汗水与泪水都包含咸涩的滋味

没有一粒粮食的成熟是不经历风雨的

它的秋天丰富得像一幅画卷

火红的高粱金黄的玉米雪白的棉花

苹果温厚鸭梨清脆黄瓜鲜嫩

秋高气爽　天高云淡

大地如此干净　又如此厚重

该收获的都进了粮仓

到处充满了沉甸甸的喜悦

每一个村庄都是一部人类的历史

每一粒粮食都书写着土地的悲欢

它的冬天宁静得像一个孩童

大雪飘飘　大雪覆盖了一切

麦子在大雪下做梦

树木在寒风里沉思

多少古老的故事

被老人在火炉边讲起——

在很久很久以前……

它其实很老了

它其实很年轻

我爱它的楼阁六百余年巍然屹立

像一位身着华服又颜值爆表的中年大叔

居于古城中央　威严又帅气

木心质朴　文气浩瀚

四角的风铃随风飘荡

新年的钟声余音袅袅

我爱它的会馆雕梁画栋

伴着运河流水讲述着南来北往的故事

古老的戏台锣鼓声起

旧梦未了　新梦如约上演

又一出人间戏剧

拉开了悲欢离合的大幕

两侧的钟鼓响彻晨昏

一群白鸽

在会馆上空久久盘旋

我爱它的湖水日夜荡漾

映出朝阳　落日和飞鸟的影子

清晨湖水金光闪烁

像一万条鱼儿在跃动

夜晚湖面洒下洁白的月光和星光

湖水在夜色里涌动

像另一个无人能懂的世界

这片大水

更像一种隐喻

多少人哭过笑过

依然拥有湖水一样清澈的眼眸

我爱它的乡村炊烟袅袅

五谷丰登　人畜兴旺

我爱它的城市生动鲜活

车水马龙　川流不息

我爱它的每一条街巷

留下了多少平凡人的足迹

我爱它的每一座桥梁

横跨了多少岁月与流水

我爱它的风尘仆仆

多少人在城市里星夜兼程

我爱它的烟火气息

每一个灯光照亮的窗口

都续写着绵延不断的人间悲欢

我爱它的过去　现在

以及未知的将来

它护佑我　从牙牙学语到两鬓斑白

它目睹我　多少犹疑与徘徊

还有谁像它一样

包容我　养育我

敞开怀抱拥抱我

像父亲像母亲像姐姐

像我所有的亲人

像养育一只山羊　养育一头牛犊一样

养育我的

是我的小城

让我在每年春风吹绿刺槐树时

都依然会找到自己的春天

后 记

在编选这本诗集的过程中,我得以对近年来的诗作进行了一次集中的阅读和整理。这个过程中,有淡淡的喜悦,同时夹杂着惶惑、不安和怀疑。我感到,一个人阅读自己的作品,是需要勇气的,需要足够的信心,去与自己写下的文字相遇,与曾经的自己再次相遇。

而实质是,我实在是一个懦弱的人,缺乏面对自己的勇气。唯一庆幸的是,这些诗,没有违背自己的内心。

人,实在是矛盾的组合体。有时面对这些长长短短的句子,我又感到,幸好有这些句子,记录下生命中的某些时刻。那些或纠结或犹疑的时刻,那些一闪而过的梦幻与欣喜,那些努力从混沌中呈现出来的清晰与理性,所幸被文字记录。因此,所有过往的时光,都不再是无意义的存在。

无论如何,经过从春天到夏天的努力,一本诗集从虚无中诞生,这是令人难以忘怀的。2025 年,因此被铭记。

在这个过程中,特别感谢北京师范大学的张清华教授，在百忙之中为我写序，字里行间对我的鼓励与肯定，使我深受感动。这不仅是一位诗歌前辈对后学的鼓励，更是清华教授对这些诗作体现出的诗歌创作理念和精神追求的认同和支持，令我在学诗的路上倍感温暖，进一步明确了今后的创作方向。还有李少君主编、张厚刚老师，都对我的创作给予了莫大的关注与支持，这使我一次次感受到心灵的力量，并充满了前行的信心。需要感谢的人还有很多，我的亲人、同事，多年来一起跋涉一起成长的师友，他们使我在这个纷繁的时代，坚持写下这些文字，坚持住内心的梦想，使孤寂的生命之旅，有了诗意的回声。

  这些诗，是我在满天星光下漫步时的所得，因此我对无尽的苍穹怀有无限的感恩之心。如果它们能像天上的小星星，给素不相识的朋友带去微弱而洁净的光芒，我就知足了。

臧利敏

2025 年 5 月 6 日